Viento, Vientito
Wind, Little Wind

Por / By
Jorge Tetl Argueta

Ilustraciones de / Illustrations by
Felipe Ugalde Alcántara

Traducción al inglés / English translation by
Elizabeth Bell

Piñata Books
Arte Público Press
Houston, Texas

Esta edición de *Viento, Vientito* ha sido subvencionada en parte por Clayton Fund. Les agradecemos su apoyo.

Publication of *Wind, Little Wind* is funded in part by a grant from the Clayton Fund. We are grateful for their support.

El autor agradece a Elizabeth Bell por la traducción al inglés y a Blas López por la traducción al idioma nahuat de este texto. También agradece el apoyo durante la producción de este libro de: Holly Ayala, Alfredo Pérez, Franklin Fernando Pérez Santiago y Carolina Osorio.

The author wishes to thank Elizabeth Bell for the English translation and Blas López for the Nahuat translation. For support in the production of this book, thanks also go to Holly Ayala, Alfredo Pérez, Franklin Fernando Pérez Santiago and Carolina Osorio.

Piñata Books are full of surprises!
¡Piñata Books están llenos de sorpresas!

Piñata Books
An Imprint of Arte Público Press
University of Houston
4902 Gulf Fwy, Bldg 19, Rm 100
Houston, Texas 77204-2004

Diseño de la portada por / Cover design by Bryan Dechter

Los datos de catalogación de la Biblioteca del Congreso están disponibles.
Cataloging-in-Publication (CIP) Data is available.

∞ The paper used in this publication meets the requirements of the American National Standard for Permanence of Paper for Printed Library Materials Z39.48-1984.

Viento, Vientito / Wind, Little Wind © 2022 by Jorge Tetl Argueta
Illustrations © 2022 by Felipe Ugalde Alcántara

Printed in China by YUTO Printing
September 2021–December 2021
5 4 3 2 1

Para Rain, que llegó a nuestras vidas como el viento, vientito.
—JTA

Para mi madre y hermanas con todo mi cariño.
—FUA

For Rain, who came into our lives like the wind, little wind.
—JTA

For my mother and sisters with all my love.
—FUA

Mi nombre es Viento
pero todos me conocen
por Vientito.

My name is Wind
but everyone knows me
as Little Wind.

Nazco por todos lados
y voy a todos lados
de nuestra Madre Tierra.

I am born everywhere
and I go all
around our Mother Earth.

Soy Viento, Vientito, colibrí.
Vientito, colibrí veloz.
Vientito, colibrí contento.

Zummm, zummm, zummm

I am Wind, Little Wind, hummingbird.
Little Wind, swift hummingbird.
Little Wind, happy hummingbird.

Zummm, zummm, zummm

Me escucha
por un lado y por el otro,
pero yo ya no estoy ahí,
ni aquí, ni allí.

You hear me
over here, over there,
but now I am not anywhere,
not here, not there anymore.

Yo Viento, Vientito
estoy por todos lados.

Zummm, llego.
Zummm, me quedo.
Zummm, me voy.

I am Wind, Little Wind.
I am everywhere.

Zummm, I come.
Zummm, I stay.
Zummm, off I go.

No puedes verme.
No puedes tocarme.
Pero puedes sentirme.

You can't see me.
You can't touch me.
But you can feel me.

A mí, Viento, Vientito,
algunos me llaman norte,
aire, brisa, ventarrón.
También hay quienes
me llaman huracán, tornado.

I am Wind, Little Wind.
Some call me the north wind
draft, breeze, gale.
Others call me hurricane, tornado.

A mí me gusta más
que me llamen Viento, Vientito.
Puedo ser lento, fuerte, veloz.

I like it better
when they call me Wind, Little Wind.
I can be slow, powerful, swift.

Zummm, zummm, zummm
Soy Quetzalcóatl* Viento, Vientito.
Soy un río Viento, Vientito.

Zummm, zummm, zummm
I am Quetzalcóatl* Wind, Little Wind.
I am a river Wind, Little Wind.

*Quetzalcóatl: Una serpiente emplumada; el dios azteca del viento y del aire. /
A feathered serpent; the Aztec god of wind and air.

Zummmm, zummm, zummm
va mi canción por valles y montañas.

Zummm, zummm, zummm
por pueblos y ciudades.

Zummm, zummm, zummm
goes my song through valleys and mountains.

Zummm, zummm, zummm
through towns and cities.

Zummm, me acerco,
Zummm, me enredo,
Zummm, me alejo.
Yo soy Viento, Vientito.

El que va y viene
soy yo, Viento, Vientito.
El que sube y baja,
frío, caliente, juguetón.

Zummm, I draw near.
Zummm, I twist and tangle.
Zummm, off I go.
I am Wind, Little Wind.

The one that comes and goes,
that's me, Wind, Little Wind.
The one who rises and falls,
cold, hot, frisky.

Yo Viento, Vientito
soy fuerte.
Nadie puede detenerme.
Nadie puede verme.
Nadie puede tocarme.

Soy Viento, Vientito
que gira, que sube,
que baja, que va y viene.

I am Wind, Little Wind.
I am powerful.
No one can stop me.
No one can see me.
No one can touch me.

I am Wind, Little Wind
who swirls, who rises,
who sinks, who comes and goes.

Aquí estoy.
No, ya no estoy.
Me voy bailando.
Me voy cantando.
Zummm, zummm, zummm
Yo Viento, Vientito
soy la vida que pasa silbando.
Zummm, zummm, zummm
Yo Viento, Vientito
soy la vida que pasa cantando.
Zummm, zummm, zummm

I am here.
Now I'm not.
Away I go, dancing.
Away I go, singing.

Zummm, zummm, zummm

I am Wind, Little Wind.
I am life that goes by whistling.
Zummm, zummm, zummm

I am Wind, Little Wind.
I am life that goes by singing.
Zummm, zummm, zummm

Ejegat, Ejegatchin

Naja nutugay ejegat
Muchi nech ismatit
Ejegatchin

Ninesi ganga niknegui
Guan niu ganganiknegui
Gane tunan tal

Naja Ejegat, Ejegatchin, huitzilin
Ejegatchin, huitzlin yagui ne man a
Ejegatchin huitzlin yulpagui

Salani salani salani

Nechgaguit
Ganin guan gane
Naja teya ni nemi nin
Nusan nin guan gane tesu nusan

Naja ni Ejegat, ni Ejegatchin
Ni nemi ganga niknegui

Salani ajsiga
Salani tes niu ni naga
Salani guan niu

Testigueli ti nechita,
Testigueli ti nech chijchimi
Guelit guimatit ga niaj sik

Naja ni Ejegat, ni Ejegatchin
Sejse nechil wiyat Ejegat
Ijyu Ejegatchin, Ejegat
Nusan nemit ujseyuk
Nechilwiya ejegat niguyulua
Tay nik negui

Naja sujsul nu gustuj
Manechilwigan Ejegat, Ejegatchin
Tesnijnenemi ne man a, giajcugilla sujsul
Ni mutalua guey hombron

Salani salani salani
Naja nutugay Quetzalcoatl* Ejegat, Ejegatchin
Naja nu tugay Ejegat apan

Salani Salani Salani
Yawi nutacuigalis tejtechan
Guan cojcojtan

Salani Salani Salani
Tik techan guan gushgatan

Salani ni ajsiga
Salani guan nimuil piya,
Salani guan niu wejca
Naja nutugay Ejegat, Ejegatchin

Neganyawi, guanwis
Naja ni Ejegat ni Ejegatchin
Negantejku guantemu
Sesek, tutunik, sujsul mawiltiya

Naja ni Ejegat, ni Ejegatchin
Naja ni hombron
Tiagaj gueli nuan
Tiagaj gueli nechi ta
Tiagaj gueli nech chijchimi

Naja nutugay Ejegat, Ejatchin
Gane nejnemit, gatejcu
Gatemu, gayawi, guan wis

Nin ni nemi
Teya, ni nemi
Ni yau ni mijtutiya
Ni yau guan nu tacuigalis

Salani Salani Salani

Naja ni Ejegat, ni Ejegatchin
Naja niyultiwit gani panu salani
Salani salani salani

Naja ni Ejegat, ni Ejegatchin
Naja niyultiwit ni panu ni tacuiga

Salani Salani Salani

*Quetzalcoatl: Se guat ajkapusuntuk ne tiut ipal aztecas, ipal ne ejegat guan ne ijyu

Jorge Tetl Argueta es un poeta y escritor galardonado con más de veinte libros infantiles, entre ellos *Una película en mi almohada / A Movie in My Pillow* (Children's Book Press, 2001); *Guacamole: Un poema para cocinar / A Cooking Poem* (Groundwood Books, 2016); *Agua, Agüita / Water, Little Water* (Piñata Books, 2017); *Fuego, Fueguito / Fire, Little Fire* (Piñata Books, 2019); y *Somos como las nubes / We Are Like the Clouds* (Groundwood Books, 2016), ganador del premio Lee Bennett Hopkins Poetry Award, citado en la lista USBBY's Outstanding International Book List, el ALA Notable Children's Books y la Cooperative Children's Book Center Choices. La California Association for Bilingual Education lo honró con el premio Courage to Act y su libro infantil trilingüe, *Agua, Agüita / Water, Little Water / At Achichipiga At,* ganó el premio inaugural Campoy-Ada de la Academia Norteamericana de la Lengua Española en la categoría de poesía infantil. Indígena salvadoreño de origen pipil-nahua, Jorge es fundador de La Biblioteca de los Sueños, una organización sin fines de lucro que promueve la lectura en las áreas metropolitanas y rurales de su país natal. Jorge divide su tiempo entre San Francisco, California y El Salvador.

Jorge Tetl Argueta is a prize-winning poet and author of more than twenty children's picture books, including *Una película en mi almohada / A Movie in My Pillow* (Children's Book Press, 2001); *Guacamole: Un poema para cocinar / A Cooking Poem* (Groundwood Books, 2016); *Agua, Agüita / Water, Little Water* (Piñata Books, 2017); *Fuego, Fueguito / Fire, Little Fire* (Piñata Books, 2019); and *Somos como las nubes / We Are Like the Clouds* (Groundwood Books, 2016), which won the Lee Bennett Hopkins Poetry Award and was named to USBBY's Outstanding International Book List, the ALA Notable Children's Books and the Cooperative Children's Book Center Choices. The California Association for Bilingual Education honored him with its Courage to Act Award and his trilingual picture book, *Agua, Agüita / Water, Little Water / At Achichipiga At,* won the inaugural Campoy-Ada Award in Children's Poetry given by the Academia Norteamericana de la Lengua Española. A Pipil Nahua Indian, Jorge is also the founder of The Library of Dreams, a non-profit organization that promotes reading in both rural and metropolitan areas in his native country. He divides his time between San Francisco, California, and El Salvador.

Felipe Ugalde Alcántara nació en la Ciudad de México en 1962 y estudió Comunicación Gráfica en la Escuela Nacional de Arte en la Universidad Nacional de México. Ha trabajado como ilustrador y diseñador de libros infantiles, libros de texto y juegos educacionales por más de veinticinco años. También ha dictado talleres de ilustración para niños y profesionales, y ha participado en varias exhibiciones en México y en el extranjero. Ha sido galardonado con premios en España, México y Japón. Ugalde Alcántara ilustró *Mother Fox and Mr. Coyote / Mamá Zorra y Don Coyote* (Piñata Books, 2004); *Little Crow to the Rescue / El Cuervito al rescate* (Piñata Books, 2004); *Agua, Agüita / Water, Little Water* (Piñata Books, 2017) y *Fuego, Fueguito / Fire, Little Fire* (Piñata Books, 2019).

Felipe Ugalde Alcántara was born in Mexico City and studied Graphic Communication at the National University of Mexico's School of Art. He has been an illustrator and designer of children's books, textbooks and educational games for more than twenty-five years. He has taught illustration workshops for children and professionals and participated in several exhibitions in Mexico and abroad. He has received awards for his work in Spain, Mexico and Japan. Ugalde Alcántara illustrated *Mother Fox and Mr. Coyote / Mamá Zorra* y *Don Coyote* (Piñata Books, 2004)*; Little Crow to the Rescue / El Cuervito al rescate* (Piñata Books, 2004); *Agua, Agüita / Water, Little Water* (Piñata Books, 2017) and *Fuego, Fueguito / Fire, Little Fire* (Piñata Books, 2019).